MORCEGOS, PERNILONGOS, PULGAS E OUTROS
SUGADORES DE SANGUE

MORCEGOS, PERNILONGOS, PULGAS E OUTROS
SUGADORES DE SANGUE

Humberto Conzo Jr.

Gravuras EDUARDO VER

wmf martinsfontes

SÃO PAULO 2014

Para Briseida, Marina e Vinicius, que estão sempre ao meu lado. Para meu pai, Humberto Conzo, que plantou em mim o prazer de ser escritor. E para minha mãe, Sandra, e meu segundo pai, Emygdio, que sempre me apoiaram e me ensinaram a ser quem sou.

Copyright © 2014, Editora WMF Martins Fontes Ltda.,
São Paulo, para a presente edição.

1ª edição 2014

Coordenação editorial *Fabiana Werneck Barcinski*
Acompanhamento editorial *Helena Guimarães Bittencourt*
Preparação *Margaret Presser*
Revisões gráficas *Ornella Miguellone Martins e Ana Maria de O. M. Barbosa*
Projeto gráfico *Katia Harumi Terasaka*
Produção gráfica *Geraldo Alves*
Impressão e acabamento *Yangraf Gráfica e Editora Ltda.*

Dados Internacionais de Catalogação na Publicação (CIP)
(Câmara Brasileira do Livro, SP, Brasil)

....

Conzo Junior, Humberto
  Morcegos, pernilongos, pulgas e outros sugadores de sangue / Humberto Conzo Jr. ; gravuras Eduardo Ver. — São Paulo : Editora WMF Martins Fontes, 2014.

  ISBN 978-85-7827-903-5

  1. Literatura infantojuvenil I. Ver, Eduardo. II. Título.

14-10139   CDD-028.5
....

Índices para catálogo sistemático:
  1. Literatura infantil 028.5
  2. Literatura infantojuvenil 028.5

Todos os direitos desta edição reservados à **Editora WMF Martins Fontes Ltda.**
Rua Prof. Laerte Ramos de Carvalho, 133 01325-030 São Paulo SP Brasil
Tel. (11) 3293-8150   Fax (11) 3101-1042
e-mail: info@wmfmartinsfontes.com.br   http://www.wmfmartinsfontes.com.br

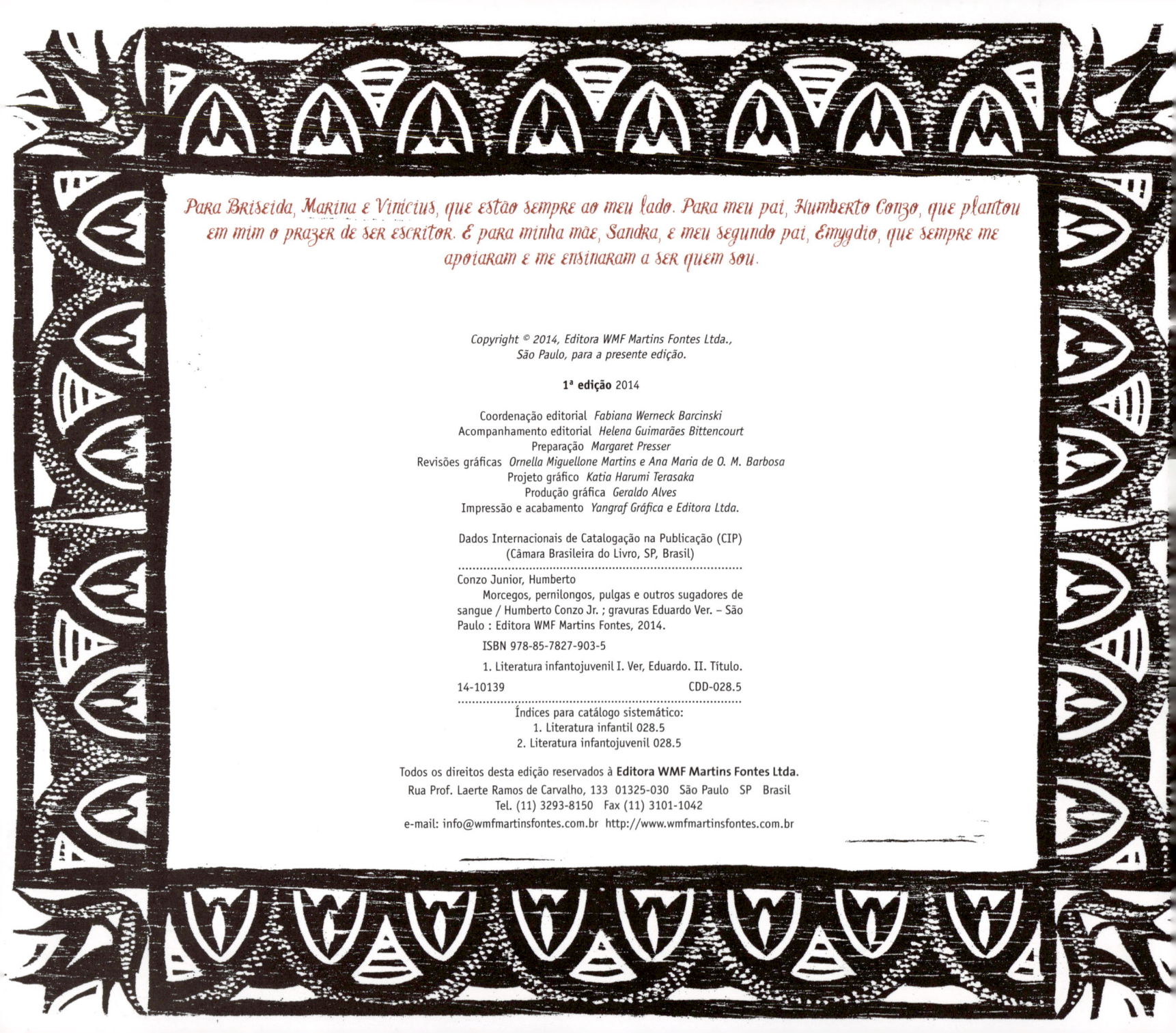

Índice

Apresentação 7

Capítulo 1. **MORCEGOS** 9
  Curiosidades e lendas 13

Capítulo 2. **PERNILONGOS** 17
  Culex 17
  Anopheles 18
  Aedes 19

Capítulo 3. **OUTROS DÍPTEROS** 25
  Mosquito-palha 25
  Borrachudos 26
  Mutucas 26
  Mosca-tsé-tsé 27

Capítulo 4. **CARRAPATOS** 29

Capítulo 5. **PULGAS** 33
  Bicho-de-pé 35

Capítulo 6. **PIOLHOS** 37

Capítulo 7. **PERCEVEJOS** 41
  Percevejos-de-cama 41
  Barbeiro 42

Capítulo 8. **SANGUESSUGAS** 45

Conclusão 47

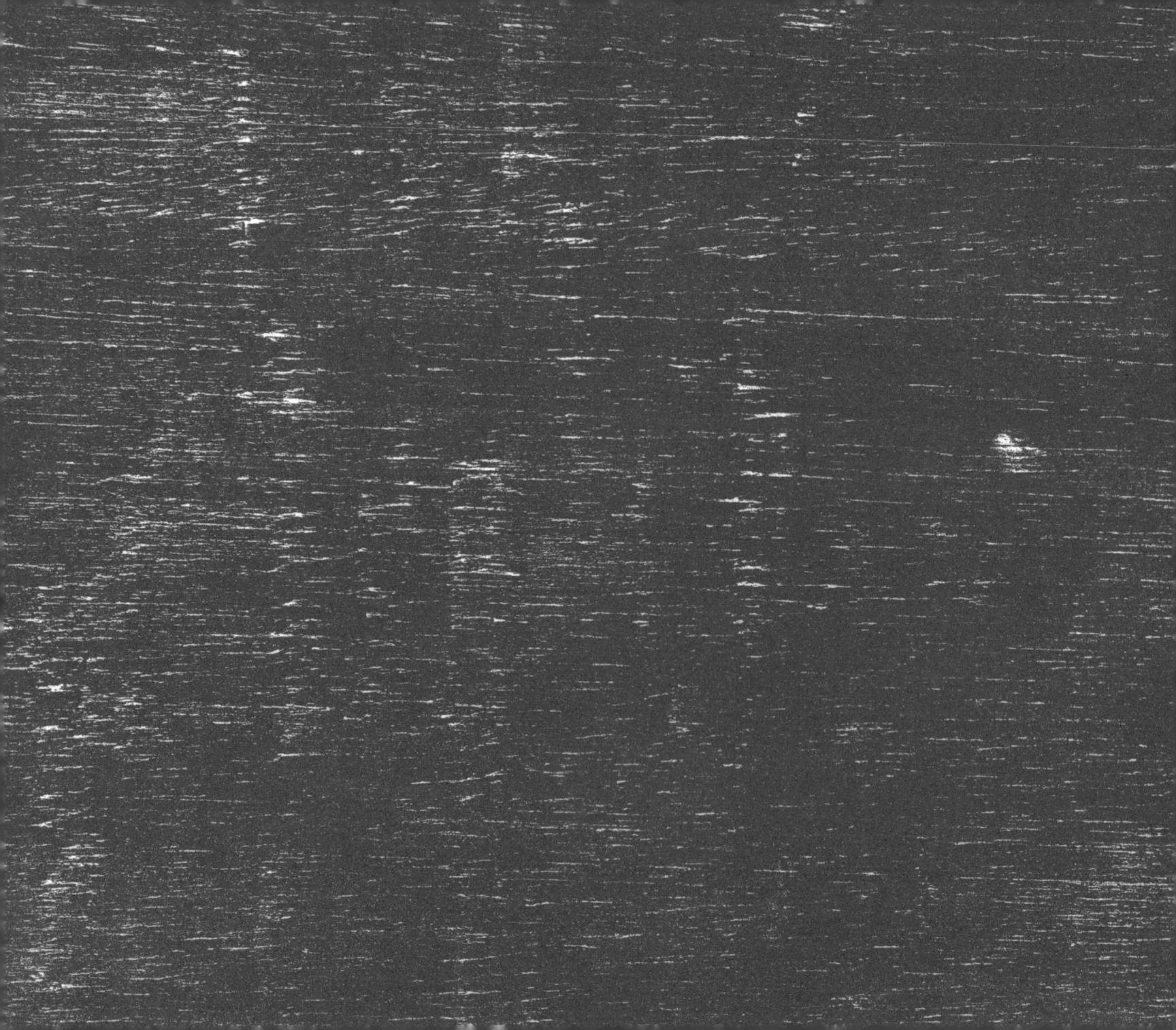

Apresentação

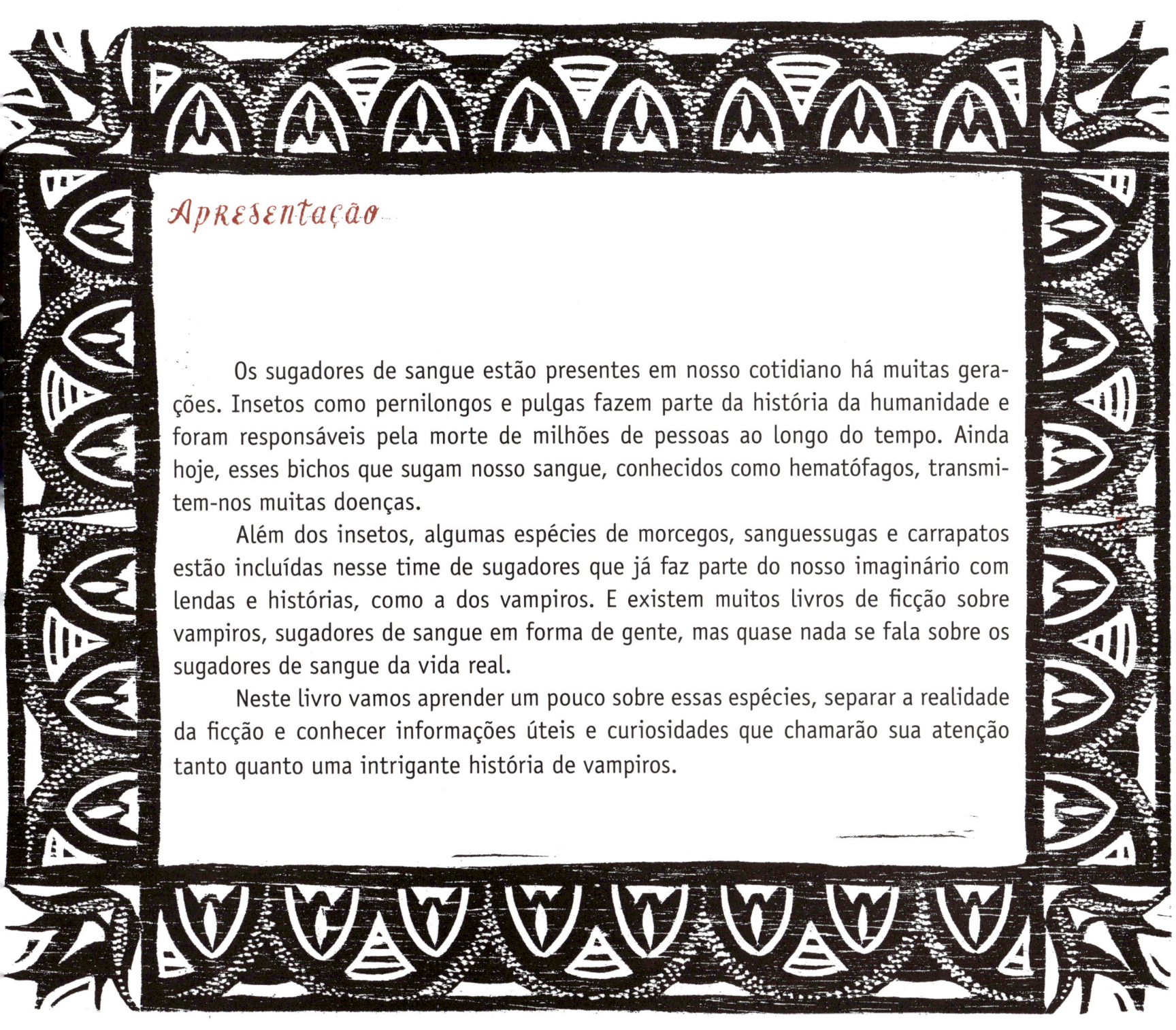

Os sugadores de sangue estão presentes em nosso cotidiano há muitas gerações. Insetos como pernilongos e pulgas fazem parte da história da humanidade e foram responsáveis pela morte de milhões de pessoas ao longo do tempo. Ainda hoje, esses bichos que sugam nosso sangue, conhecidos como hematófagos, transmitem-nos muitas doenças.

Além dos insetos, algumas espécies de morcegos, sanguessugas e carrapatos estão incluídas nesse time de sugadores que já faz parte do nosso imaginário com lendas e histórias, como a dos vampiros. E existem muitos livros de ficção sobre vampiros, sugadores de sangue em forma de gente, mas quase nada se fala sobre os sugadores de sangue da vida real.

Neste livro vamos aprender um pouco sobre essas espécies, separar a realidade da ficção e conhecer informações úteis e curiosidades que chamarão sua atenção tanto quanto uma intrigante história de vampiros.

Capítulo 1. MORCEGOS

Os MORCEGOS são mamíferos como os humanos, mas são os únicos capazes de voar. Essa capacidade possibilitou a exploração de novos ambientes. Assim, eles se espalharam e se diversificaram, representando hoje um quarto de todas as espécies de mamíferos do mundo. Só há um grupo de mamíferos com mais espécies que os morcegos: os roedores. No Brasil, já foram identificadas cerca de 170 espécies de morcegos.

Eles voam como as aves, mas têm pelos em vez de penas e ossos mais pesados, característicos dos mamíferos. Por isso, só conseguem levantar voo de locais altos, e nunca do chão. Suas pernas tornaram-se fracas, diminuindo a capacidade de ficarem eretos e equilibrados sobre os pés. Quando caem no chão, precisam se arrastar até encontrar uma parede ou árvore em que possam subir para alçar voo.

Sem equilíbrio nas pernas, adaptaram-se a pousar e dormir de cabeça para baixo. Nessa posição, relaxam os músculos, e os tendões de suas pernas fecham-se naturalmente com a ação da gravidade, mantendo suas garras fixas, evitando que caiam durante o sono.

Os morcegos que habitam as Américas têm no máximo 80 centímetros de envergadura, que é a distância entre as pontas das duas asas, mas na Ásia existe uma espécie conhecida como raposa gigante voadora, que chega a ter 2 metros de envergadura. Ainda bem que esse grandalhão só se alimenta de frutas! O menor morcego vive na Tailândia, pesa 2 gramas e tem 15 centímetros de uma ponta da asa à outra.

Quando falamos em morcegos, logo pensamos em sugadores de sangue; porém, das mais de mil espécies que existem no mundo, apenas três se alimentam de sangue, e dessas somente uma se alimenta de sangue de outros mamíferos. As outras duas se alimentam apenas do sangue de aves. Os morcegos-vampiros vivem exclusivamente no continente americano, do Texas, nos Estados Unidos, ao norte da Argentina, principalmente em zonas rurais, alimentando-se do sangue do gado, dos cavalos, dos porcos ou dos animais selvagens.

Eles não transformam ninguém em vampiros, mas, por serem mamíferos, sua mordida pode transmitir a raiva. Os ataques às pessoas ocorrem normalmente quando elas estão dormindo, tendo como principal alvo os dedos das mãos ou dos pés. A quantidade de sangue retirada é de 15 a 20 mililitros, o equivalente a duas colheres de sopa. Eles são capazes de detectar o calor da circulação sanguínea por baixo da pele das pessoas e, assim, saber a exata posição dos vasos sanguíneos. Esses morcegos dificilmente aparecem nos centros urbanos, onde são mais comuns os que se alimentam de frutas e insetos.

A saliva dos morcegos-vampiros contém um anestésico que evita que a presa sinta a mordida – um corte rápido com os dentes incisivos. Ela tem também uma substância anticoagulante que impede o estancamento da ferida enquanto o morcego estiver se alimentando, o que pode durar cerca de 20 minutos. Essa substância anticoagulante vem sendo estudada para o desenvolvimento de remédios para o coração, formação de coágulos e derrames nos seres humanos.

A maioria dos morcegos se alimenta de frutos, pólen ou insetos, tendo assim importante papel ecológico, pois são responsáveis pela polinização e dispersão de sementes e ajudam no controle das populações de insetos. Há estimativas de que um único morcego insetívoro é capaz de devorar 600 mosquitos por hora.

No México há uma grande colônia de morcegos insetívoros, com cerca de 20 milhões de indivíduos. Eles são capazes de devorar 250 toneladas de insetos em uma única noite.

Alguns morcegos se alimentam do néctar das flores, da mesma forma que os beija-flores. Eles rapidamente se acostumam a visitar os bebedouros que colocamos nas residências. Portanto, é aconselhável retirar os bebedouros durante a noite. Os morcegos também podem invadir as residências em busca de frutas, em áreas onde a disponibilidade na natureza é escassa. Dessa forma, o ideal é não deixá-las expostas após o pôr do sol.

Outras espécies se especializaram em pescar. Esses morcegos usam sua capacidade de ecolocalização para captar a movimentação dos peixes dentro da água e apanhá-los com muita destreza em um voo rasante. A ecolocalização é um mecanismo que funciona como um radar e possibilita que o morcego capture uma presa – inseto, peixe ou outro animal – em pleno voo, na escuridão total. O morcego emite o som e, analisando seu retorno, consegue detectar possíveis obstáculos no caminho, a posição exata de sua caça e até informações sobre sua textura, o que o ajuda a saber qual será o prato do dia. Além dos morcegos, os golfinhos e as baleias também utilizam esse sistema de localização.

Ao contrário do que muita gente acha, os morcegos não são cegos. Várias espécies têm uma visão excelente, até dez vezes melhor que a nossa. A maioria vê em preto e branco, o que não faz diferença para um animal notívago.

Morcegos são animais que vivem em grupos e têm hábitos noturnos. Nas cidades, escolhem os forros das casas, porões ou sótãos como abrigo. E não costumam respeitar aquela regra dos vampiros, que diz que eles só podem entrar em sua casa após terem sido convidados uma primeira vez. Mas costumam ser solidários entre si. Podem regurgitar parte dos alimentos que consumiram para alimentar aqueles que não conseguiram alimento naquela noite. Eles se reconhecem e têm suas redes de relacionamento. Se por acaso algum morcego se recusar a ajudar o colega, também deixará de ser ajudado por ele em outra oportunidade.

Ao saírem para se alimentar, as mães morcegos costumam deixar seus filhotes todos juntos, em verdadeiras creches que podem chegar a milhares de filhotes. Ao retornar, elas conseguem localizá-los pelos sons que eles emitem. Há colônias de morcegos que chegam a ter cerca de 20 milhões de indivíduos. A revoada desses animais pode assustar até os mais corajosos.

As espécies urbanas mais comuns são o morceguinho-marrom (*Myotis nigricans*) e o morcego-cauda-de-rato (*Molossus molossus*), ambas insetívoras, portanto ajudam a controlar as populações de insetos. Quando se instalam em áreas desabitadas, não há muito com que se preocupar. Só devem ser removidos se estiverem causando algum dano material ou se estiverem alojados em ambientes frequentados pelas pessoas, como depósitos, porões ou cômodos da casa.

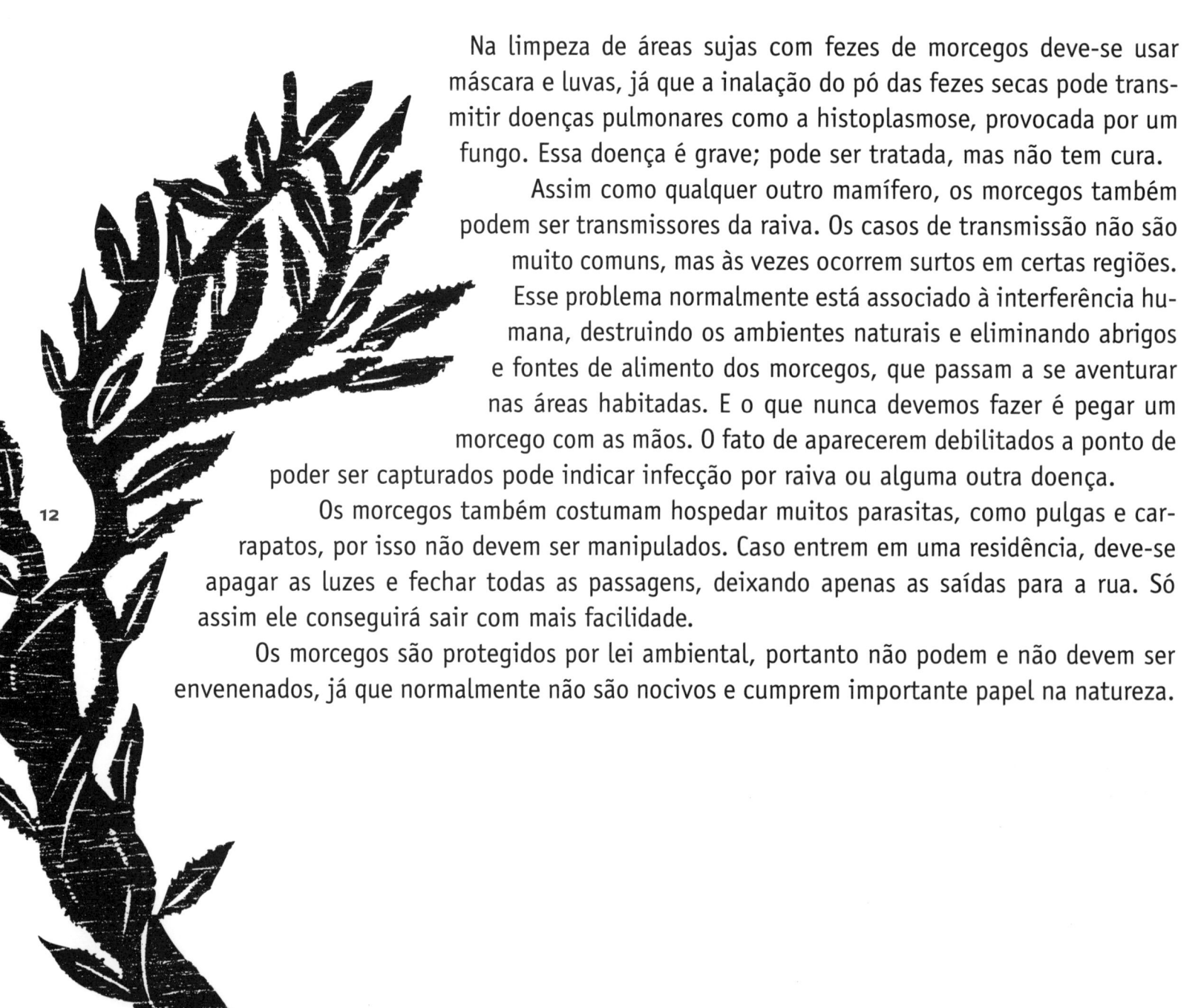

Na limpeza de áreas sujas com fezes de morcegos deve-se usar máscara e luvas, já que a inalação do pó das fezes secas pode transmitir doenças pulmonares como a histoplasmose, provocada por um fungo. Essa doença é grave; pode ser tratada, mas não tem cura.

Assim como qualquer outro mamífero, os morcegos também podem ser transmissores da raiva. Os casos de transmissão não são muito comuns, mas às vezes ocorrem surtos em certas regiões. Esse problema normalmente está associado à interferência humana, destruindo os ambientes naturais e eliminando abrigos e fontes de alimento dos morcegos, que passam a se aventurar nas áreas habitadas. E o que nunca devemos fazer é pegar um morcego com as mãos. O fato de aparecerem debilitados a ponto de poder ser capturados pode indicar infecção por raiva ou alguma outra doença.

Os morcegos também costumam hospedar muitos parasitas, como pulgas e carrapatos, por isso não devem ser manipulados. Caso entrem em uma residência, deve-se apagar as luzes e fechar todas as passagens, deixando apenas as saídas para a rua. Só assim ele conseguirá sair com mais facilidade.

Os morcegos são protegidos por lei ambiental, portanto não podem e não devem ser envenenados, já que normalmente não são nocivos e cumprem importante papel na natureza.

As lendas sobre vampiros são muito antigas, tendo registro escrito desde a mitologia grega, mas na tradição oral parecem ser ainda mais antigas. O certo é que se originaram no Oriente e ganharam força nas terras eslavas. A partir daí foram difundidas pelos povos ciganos que chegaram à região da Transilvânia no século XV, mesma época em que nasceu o conde Vlad Drácula.

O conde Drácula existiu realmente e foi um tirano sanguinário que cometia atrocidades inimagináveis contra seus inimigos, mulheres infiéis e criminosos. Amarrava as pessoas a cavalos e as arrastava na direção de estacas untadas com óleo, de maneira que ficavam espetadas, agonizando. Também costumava arrancar a pele dos inimigos, deixando-os expostos até a morte. Ele gostava tanto dessas crueldades que chegava a oferecer banquetes em praça pública enquanto as vítimas morriam lentamente.

Baseando-se na história do conde Drácula e em obras de ficção existentes, e adicionando as lendas de vampiros que circulavam no final do século XIX, Bram Stoker escreveu seu romance *Drácula*, que fez muito sucesso e definitivamente popularizou e difundiu as histórias sobre vampiros.

A associação entre vampiros e morcegos é muito antiga, apesar de não existirem morcegos hematófagos na Europa ou no Oriente. As três espécies conhecidas de morcegos que se alimentam de sangue só existem nas Américas e não há nem registros fósseis desse tipo de animal nos outros continentes.

Quando os naturalistas europeus que aqui chegaram encontraram os morcegos hematófagos, rapidamente os associaram às lendas e histórias que conheciam e por isso os batizaram de morcegos-vampiros. Até espécies que se alimentam apenas de frutos ou insetos acabaram sendo classificadas em gêneros como *Vampyrum* ou *Vampyrodes*.

Os morcegos já participaram de vários filmes de Hollywood nos quais o personagem principal é o Drácula, mas, da mesma forma que encaram o papel de vilão, também costumam aparecer como o mocinho das histórias, como o homem-morcego, Batman. Os quadrinhos desse super-herói surgiram em 1939, um ano após o aparecimento do super-homem.

Há uma história no mundo do *rock* segundo a qual o vocalista Ozzy Osbourne mordeu um morcego durante um *show*. Mas não são só os roqueiros que têm fama de comer morcegos. Na China e em outros países orientais esses bichinhos fazem parte da rica culinária, muitas vezes bastante exótica para o mundo ocidental.

Uma lenda indígena diz que o demônio das trevas, Jurupari, tem corpo de morcego, bico de coruja e alimenta-se de frutas. Ao encontrar o indiozinho Aguiry com um cesto cheio de frutas, não hesitou em matá-lo. O deus Tupã ordenou que os olhos do indiozinho fossem retirados e enterrados sob uma árvore seca. Seus amigos a regavam com lágrimas, até que dali nasceu uma nova planta, o guaraná, com sementes em forma de olhos, que deixam mais fortes e felizes aqueles que delas se alimentam.

Já na cidade de Coimbra, em Portugal, a Biblioteca Joanina tem uma história nada lendária. Construída entre 1717 e 1728, essa biblioteca tem um projeto arquitetônico e de manutenção singular, que atrai muitos visitantes. Suas paredes têm cerca de 3 metros de espessura, de modo que a temperatura e a umidade no edifício se mantêm praticamente constantes durante todo o ano, mesmo durante o inverno. No seu interior foram usadas madeiras exóticas vindas do Brasil e da Ásia. Além de muito resistentes e da alta densidade, o que dificulta o ataque de cupins e brocas, algumas delas absorvem o excesso de umidade do ar. Por isso, não há necessidade de ar-condicionado, aquecedores ou desumidificadores na biblioteca. Muitas estantes de livros são feitas de estanho, impedindo o ataque de insetos. Mas o que realmente chama a atenção são as colônias de morcegos nos vãos entre as paredes e as estantes. Durante o dia, eles permanecem lá escondidos, não atrapalhando a rotina dos visitantes. No final do expediente, os móveis são cobertos por mantas de couro, e a biblioteca passa a ser território dos morcegos, que se encarregam de manter o local livre de traças, baratas e outros insetos muito comuns e danosos em bibliotecas, evitando assim a utilização de inseticidas.

Quando os funcionários retornam pela manhã, basta recolher as mantas e começar o novo dia. Além disso, parece que os indivíduos da espécie de morcego que habita o local têm o costume de se retirar do ambiente quando estão para morrer, evitando putrefação e cheiro desagradável.

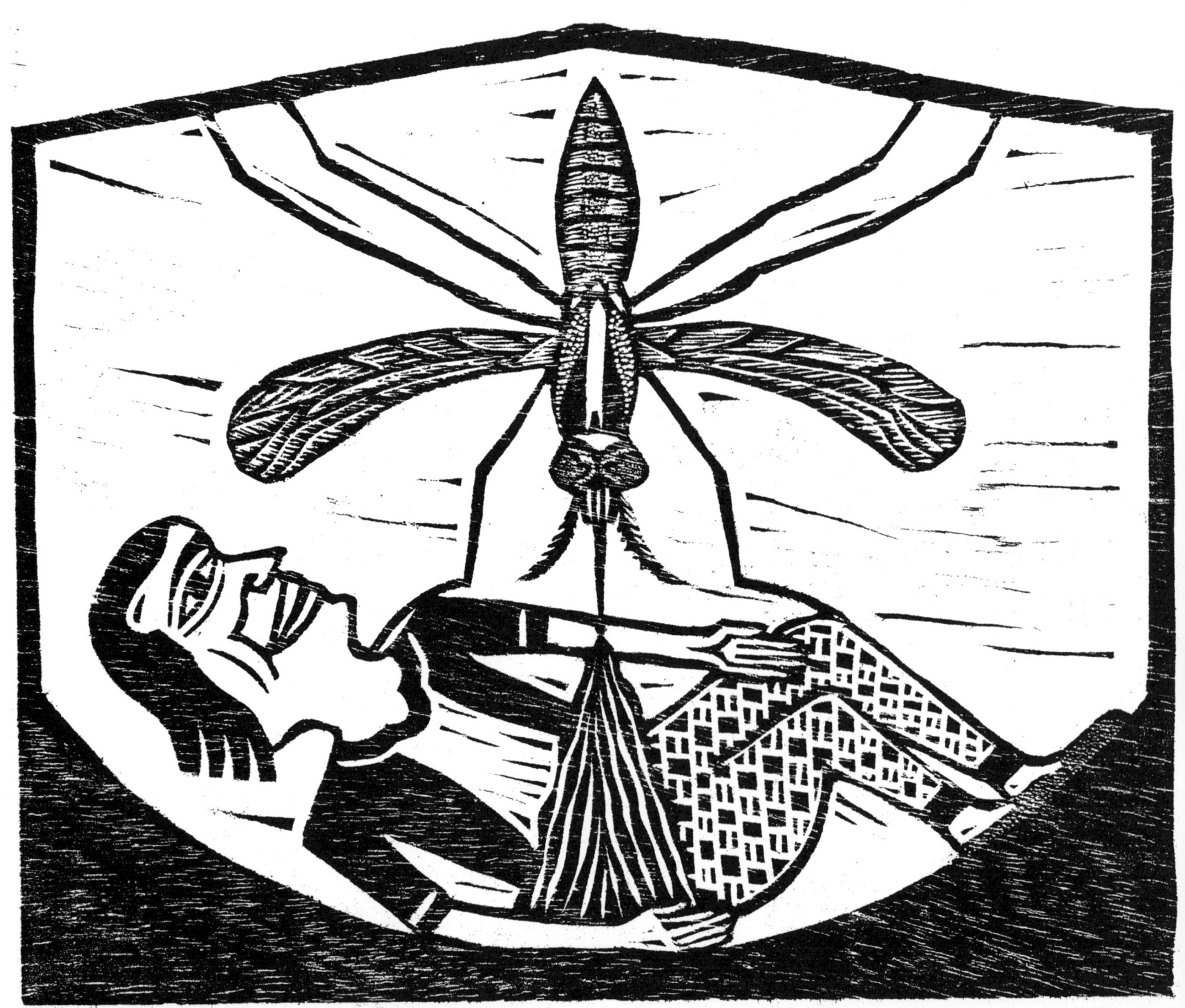

Capítulo 2. PERNILONGOS

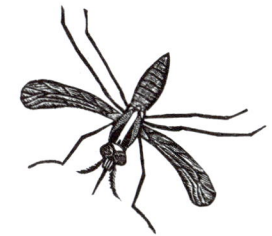

Os **PERNILONGOS** costumam pôr seus ovos na água, que pode ser limpa ou suja, corrente ou parada, dependendo da espécie. Os ovos passam pelas fases de larva e pupa na água, até darem origem aos pernilongos adultos. Os machos costumam eclodir primeiro; pousam na vegetação próxima, esperando as fêmeas para procriar. Assim que a fecundação é feita, as fêmeas saem à procura de sangue fresco para se alimentar e fazer com que os ovos amadureçam. Enquanto isso, os machos alimentam-se da seiva das plantas e flores. Portanto, são só as fêmeas que não nos deixam dormir, zumbindo em nossos ouvidos, nos picando e podendo transmitir várias doenças.

Os pernilongos mais comuns e os que costumam nos infectar são classificados em três gêneros diferentes: *Culex*, *Anopheles* e *Aedes*. Portanto, é importante conhecermos um pouco os hábitos e as doenças associadas a cada um deles.

CULEX

Apesar de não estarem intimamente associados à transmissão de nenhuma doença, são eles que mais nos incomodam nos centros urbanos. Põem os ovos na água parada, seja limpa ou suja. Por isso, se multiplicam com facilidade nas margens dos rios. Começam a ficar mais ativos ao entardecer e picam principalmente no início da noite e no final da madrugada.

As doenças transmitidas pelos pernilongos já mataram e ainda matam muita gente. Obras como a construção do canal do Panamá ou da ferrovia Madeira-Mamoré foram bastante dificultadas e quase inviabilizadas pela perda de muitas vidas provocada por doenças transmitidas pelos mosquitos. A ação deles também já teve influência decisiva em guerras e em tentativas de colonização ou exploração de várias regiões.

ANOPHELES

Associados à transmissão da malária, vivem principalmente dentro de matas e nas suas imediações, não sendo comuns nas grandes cidades. Põem seus ovos principalmente na água que fica nas folhas das bromélias e em outras plantas, em água parada ou nas margens de córregos de correnteza fraca. Podem picar a qualquer hora e são atraídos pela luz artificial.

A **MALÁRIA** é causada por protozoários do gênero *Plasmodium*, transmitidos pela picada dos mosquitos do gênero *Anopheles*. A doença é conhecida desde a Antiguidade, mas por muito tempo não foi associada aos mosquitos. Acreditava-se que a transmissão se dava pelos ares fétidos dos pântanos, do lixo ou de outros locais insalubres, e é daí que se origina o nome da doença: *malária* vem do italiano antigo e significa "maus ares".

Cerca de 300 milhões de pessoas são contaminadas por ano, 90% delas na África, causando mais de 1 milhão de mortes. A doença está espalhada por todos os continentes, mas restringe-se a áreas cuja altitude fica abaixo de 2 mil metros.

No Brasil têm-se registros da doença desde 1587. A partir de 1870, com o início da exploração da borracha no Norte do país, ela se tornou um grande problema de saúde pública, dizimando milhares de migrantes. A doença se espalhou por todo o território brasileiro, e na década de 1940 foram registrados 8 milhões de casos por ano, em uma população de 55 milhões. As mortes chegaram a 80 mil. Hoje a transmissão praticamente está restrita à região da Amazônia Legal – área que engloba oito estados integralmente (Acre, Amapá, Amazonas, Mato Grosso, Pará, Rondônia, Roraima e Tocantins) e parte do Maranhão, totalizando cerca de 59% do território brasileiro.

A doença costuma aparecer entre 9 e 40 dias após a picada do mosquito, mas em alguns casos esse período de incubação pode durar meses ou até mesmo anos. As manifestações iniciais são febre, sensação de mal-estar, dor de cabeça, dor muscular, cansaço e calafrios, podendo a princípio ser confundidas com as da gripe.

AEDES

Transmitem a febre amarela, principalmente a espécie que mais conhecemos, o *Aedes aegypti*, originária da África e que deve ter pego uma carona em navios para chegar até aqui. Estão mais acostumados aos ambientes domésticos e depositam seus ovos em caixas-d'água, pneus, calhas, pratos de vasos ou em qualquer recipiente em que a água se acumule. Seus ovos são postos mesmo na época seca e sobrevivem por meses, até que comece a chover, quando então eclodem de uma vez. Picam mais durante o dia.

Para descansar, gostam de pousar em áreas de sombra e protegidas do vento. Ao longo de um mês as fêmeas podem picar até doze pessoas, facilitando a transmissão de doenças de uma para outra.

A dengue, mais comum nas grandes cidades, é outra doença transmitida pelos mosquitos desse gênero, principalmente *Aedes aegypti* e *Aedes albopictus*.

No século XIX o Brasil já estava infestado pelo mosquito *Aedes aegypti*, mas não havia casos de **FEBRE AMARELA**, bastante abundante no Caribe. Porém, no final de 1849, uma embarcação vinda de Nova Orleans, Estados Unidos, fez escala em Salvador e no Rio de Janeiro, onde desembarcaram pessoas infectadas pelo vírus. Assim, no verão de 1850 apareceram os primeiros casos de febre amarela nessas áreas. No Rio de Janeiro a epidemia contaminou um terço da população, chegando a ocorrer mais de 100 mortes por dia. Até 1890 morreram cerca de mil pessoas em cada verão carioca. Na década seguinte esse número passou a 2 mil por ano.

Antes desses primeiros surtos no Brasil, acreditava-se que a febre amarela fosse uma doença restrita ao hemisfério Norte e que não ultrapassaria a linha do equador. Com a chegada da doença, muitos julgaram que se tratava de um castigo divino devido às imoralidades que ocorriam no Império, como festas e bailes. Não se sabia que a doença era transmitida pelos pernilongos. A teoria mais aceita era a dos miasmas, segundo a qual a doença era transmitida pelos ares fétidos. Por isso, passou a haver grande preocupação com pântanos, lixos, lagoas e locais alagadiços, o que indiretamente ajudou no controle da população de mosquitos.

Tanto a febre amarela quanto a malária foram muito associadas ao tráfico de escravos nas Américas. Em alguns locais, como nos Estados Unidos, elas tiveram um peso importante na adoção do regime escravista. Os povos nativos e os imigrantes europeus apresentavam alta mortalidade quando contraíam essas moléstias. Levas praticamente inteiras de colonos eram dizimadas em poucos anos. Os negros já tinham maior resistência a essas doenças, comuns havia mais tempo na África, e por isso apresentavam uma taxa de sobrevivência mais elevada.

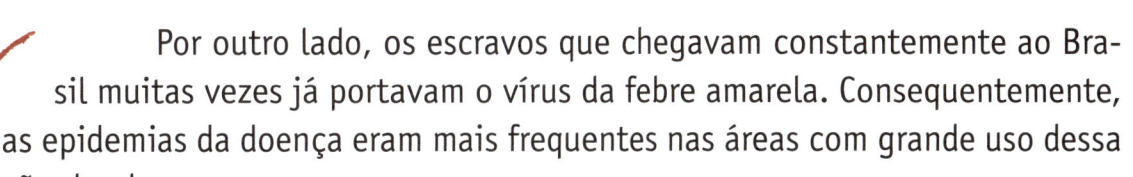

Por outro lado, os escravos que chegavam constantemente ao Brasil muitas vezes já portavam o vírus da febre amarela. Consequentemente, as epidemias da doença eram mais frequentes nas áreas com grande uso dessa mão de obra escrava.

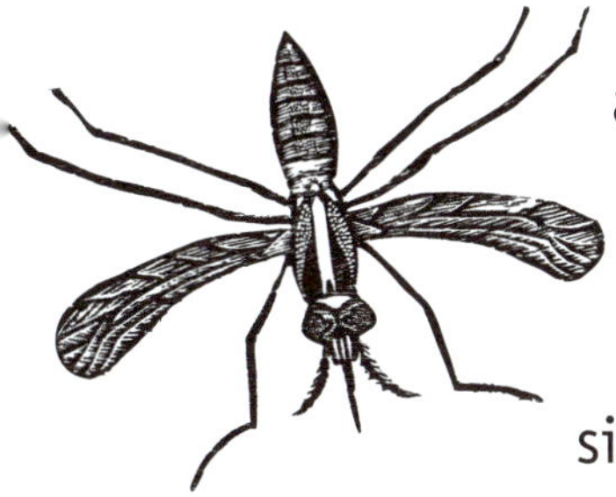

Com o aumento da produção do café, passou-se a incentivar a vinda de imigrantes europeus para trabalhar nessas lavouras, mas as epidemias de febre amarela e outras moléstias infecciosas eram um ponto negativo, pois os europeus se assustavam ao saber do grande número de conterrâneos que morriam dessas doenças por aqui.

A maioria das pessoas infectadas com o vírus da febre amarela desenvolve sintomas discretos ou não apresenta manifestações da doença. Os sintomas, quando ocorrem, costumam aparecer de três a seis dias após a picada do mosquito infectado. As manifestações iniciais são febre alta de início súbito, sensação de mal-estar, dor de cabeça, dor muscular, cansaço e calafrios. Em algumas horas podem surgir náuseas, vômitos e eventualmente diarreia. Após três ou quatro dias, a maioria dos doentes (85%) recupera-se por completo e fica imunizada contra a doença. Cerca de 15% das pessoas que apresentam sintomas evoluem para a forma grave, com alto índice de mortalidade.

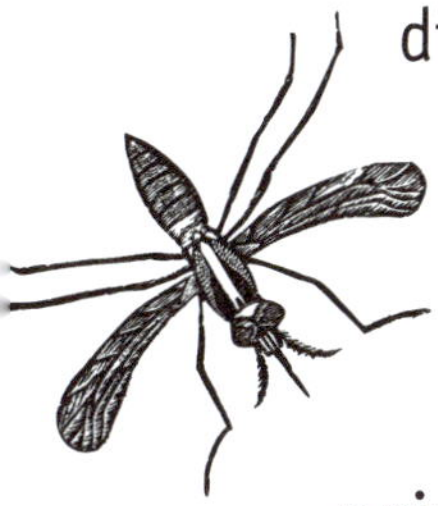

A febre amarela não tem tratamento específico, e sim sintomático, mas não devem ser utilizados remédios para dor que contenham ácido acetilsalicílico, como a aspirina, pois eles podem aumentar o risco de sangramentos. A febre amarela é uma doença grave e deve ser acompanhada por um médico. Ela não é transmitida em áreas urbanas no país desde 1942. Em áreas silvestres, a transmissão pode se dar também pelo mosquito *Haemagogus*.

Na década de 1930 o *Aedes aegypti* foi erradicado do Brasil, mas na década de 1980 reapareceu, e hoje já existe uma vacina contra a febre amarela, que é exigida para turistas em muitos países. Ela deve ser tomada com dez dias de antecedência da viagem e tem eficácia por dez anos.

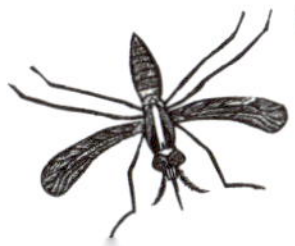

A **DENGUE** é outra doença associada aos mosquitos do gênero *Aedes*. Mas, ao contrário da febre amarela, ela tem sido transmitida intensamente até mesmo nas grandes cidades e nos centros urbanos. Provoca febre alta, dor de cabeça, muita dor no corpo e às vezes vômitos. Depois de três ou quatro dias podem aparecer manchas vermelhas pelo corpo e coceira. Sangramentos no nariz e na gengiva também podem ocorrer. Após esse período, o quadro vai melhorando, e a maioria das pessoas se recupera em dez dias. Em cerca de 95% dos casos a dengue não representa risco de vida. Já em uma pequena parte deles, quando a febre começa a ceder, pode ocorrer diminuição acentuada da pressão arterial, o que caracteriza a forma mais grave da doença, conhecida como *dengue hemorrágica*, a qual, se não for tratada a tempo, pode levar à morte.

Existem quatro tipos de vírus que causam a dengue. Portanto, uma mesma pessoa pode contrair a doença mais de uma vez, ficando imune àquele vírus, mas não aos outros tipos. Quando ocorre a dengue pela segunda vez, as chances de desenvolver dengue hemorrágica aumentam. Em todo o mundo, estima-se que ocorram de 50 a 100 milhões de casos por ano.

Assim como a febre amarela, a dengue não tem tratamento específico, mas deve sempre ser acompanhada por um médico. Muitos remédios podem agravar a situação do paciente. O ácido acetilsalicílico e a dipirona podem provocar sangramentos. Anti-inflamatórios também são perigosos. Portanto, como alertam as campanhas de saúde, na suspeita de dengue deve-se consultar um médico.

Para evitar a doença nas áreas urbanas, é importante controlar os criadouros de mosquitos. Por isso são feitas campanhas constantemente para eliminar os depósitos de água parada, como pneus e pratos de vasos, bem como tampar as caixas-d'água. Os recipientes com água parada não devem apenas ser esvaziados, mas ser limpos com bucha, porque os ovos podem sobreviver mesmo no seco, grudados em suas paredes. Em locais onde o acúmulo de água for inevitável, deve-se acrescentar cloro ou água sanitária, para que os ovos e as larvas não se desenvolvam.

Em plantas como bromélias, que acumulam água entre suas folhas, deve-se diluir uma colher de sopa de água sanitária em 1 litro de água e regar duas vezes por semana, para que os ovos e as larvas não se desenvolvam. No caso de plantas que podem ser afetadas pela água sanitária, recomenda-se substituí-la por borra de café. Também deve-se fazer a manutenção nas margens dos rios, com a limpeza e a remoção do mato, para evitar o represamento da água.

Recentemente os primeiros casos de outra doença, a **FEBRE CHIKUNGUNYA**, transmitida pelos mosquitos *Aedes aegypti* e *Aedes albopictus*, começaram a ser registrados no Brasil. Essa doença pode se espalhar rapidamente, já que a população não possui anticorpos para esse novo vírus. Seus sintomas são semelhantes aos da dengue: febre alta repentina, dor muscular, erupções na pele e conjuntivite. E o que mais marca a doença são as dores nas articulações, que são intensas, podendo dificultar até a locomoção. A mortalidade é menor que a da dengue, mas as dores nas articulações podem se prolongar por meses após a febre ir embora, exigindo até fisioterapia.

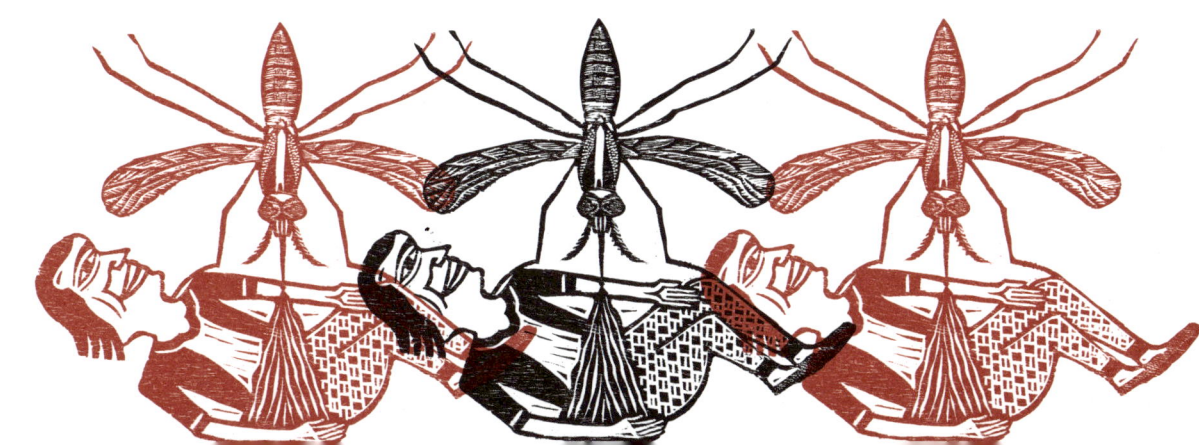

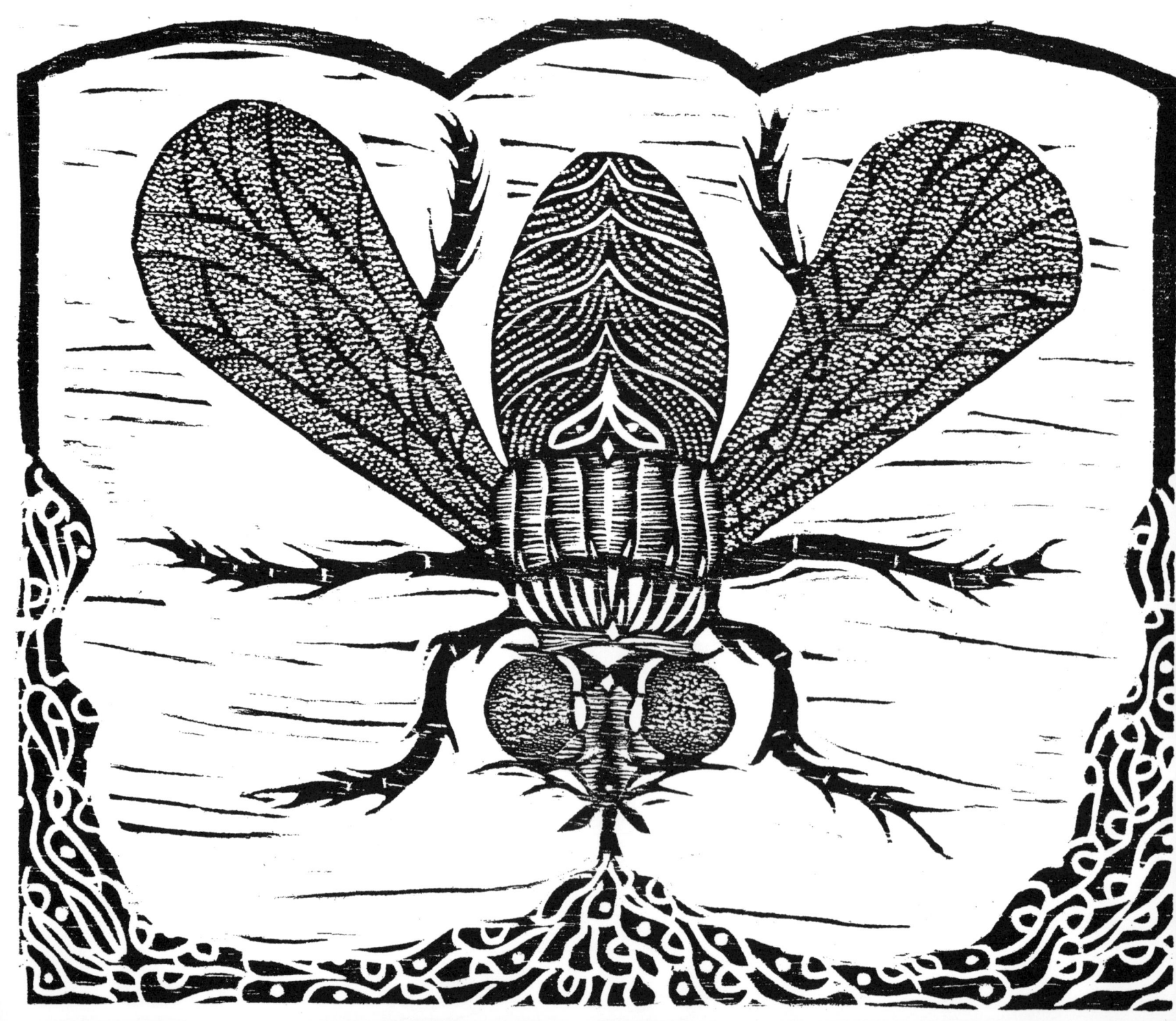

Capítulo 3. OUTROS DÍPTEROS

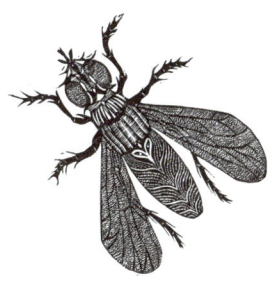

Conhecido cientificamente como *flebotomíneo*, o MOSQUITO-PALHA se parece com os pernilongos. Mede de 2 a 3 milímetros e seu corpo tem muitas cerdas, o que lhe dá a aparência de peludo. Costuma realizar voos curtos e pousar com as asas levantadas. Só a fêmea se alimenta de sangue, que é necessário para o amadurecimento de seus ovos.

Originários das áreas de mata e floresta, esses insetos também já são encontrados nas cidades, que foram se expandindo e ocupando seu ambiente natural. Aparecem principalmente nas áreas de periferia, nos ambientes modificados próximos às matas. Não são comuns nos bairros mais centrais e urbanos. Vivem em ambientes úmidos, com sombra, e costumam aparecer próximo a abrigos de animais domésticos. Podem entrar em nossas casas ao anoitecer para se alimentar de sangue. São transmissores de algumas doenças, sendo a mais comum a leishmaniose.

A LEISHMANIOSE é causada por protozoários, que podem contaminar humanos e outros animais. Ao picar um hospedeiro contaminado, a fêmea do mosquito carrega o protozoário; as fêmeas que sobreviverem à primeira postura dos ovos iniciarão um novo ciclo e poderão contaminar outro animal ou pessoa ao picá-los.

Os cachorros são considerados os maiores reservatórios da doença e podem servir de fonte de transmissão para os humanos. Quando infectados, não há cura. Normalmente, aconselha-se que o cachorro seja sacrificado, mas muitas pessoas se recusam a fazê-lo. Animais silvestres, como gambás e preguiças, também podem ser hospedeiros intermediários.

Ao contrário dos pernilongos, os flebotomíneos colocam seus ovos no solo, e não na água. A principal espécie transmissora é a *Lutzomyia longipalpis*. Nos humanos a doença assume duas formas, a *tegumentar*, quando surgem lesões na pele, e a *visceral*, que afeta órgãos internos e pode levar à morte.

Os **BORRACHUDOS** se parecem com mosquinhas e costumam pôr seus ovos em plantas aquáticas ou galhos próximos da água, de maneira que possam submergir com as chuvas e a subida da água. Gostam de água corrente para se desenvolver. Só as fêmeas picam, porque apenas elas se alimentam de sangue. Pouco tempo após a picada, a região fica bastante dolorida e pode até causar febre nas pessoas mais sensíveis.

Os borrachudos não costumam transmitir doenças para os humanos, mas basta sua presença para causar um grande incômodo, já que a picada pode coçar muito e inchar.

Os olhos dos borrachudos são bem separados nas fêmeas e contíguos nos machos. Apenas os machos têm cada olho dividido em duas porções por uma linha horizontal. A metade superior funciona durante a noite e a metade inferior é utilizada para enxergar durante o dia.

As **MUTUCAS**, também conhecidas como botucas, são moscas de tamanho grande. Assim como os pernilongos, só as fêmeas se alimentam de sangue, podendo atacar pessoas ou animais. Já os machos se alimentam apenas do pólen e do néctar das flores.

A mandíbula dessas moscas é formada por duas lâminas que lembram uma tesoura e são muito afiadas, perfurando a pele da vítima com uma picada muito dolorida.

As larvas da mutuca são colocadas na água. Não devemos associar esse inseto à berne, infecção provocada pelas larvas de outra mosca. A mosca *berneira*, que também é grande e facilmente notada, desenvolveu uma técnica ardilosa para se reproduzir. Ela captura outras espécies de insetos menores, normalmente outras moscas, sobre as quais coloca seus ovos. Quando essas outras mosquinhas pousam em uma pessoa ou animal, as larvas da berneira caem e penetram na pele da vítima, onde se desenvolvem comendo a carne e formando um caroço enquanto crescem. Sua remoção deve ser feita tapando-se o local de forma que a larva não consiga respirar e morra. Após sua morte ela pode ser retirada mais facilmente por um médico ou veterinário.

Outro tipo de mosca, conhecida como *varejeira*, põe seus ovos diretamente nas feridas de humanos e animais. As larvas então nascem no local se alimentando das feridas. Esse tipo de infecção é conhecido como *bicheira*.

A **MOSCA-TSÉ-TSÉ** ou tripanossomíase africana, só existente na África, pertence ao gênero *Glossina*, que transmite a famosa doença do sono. Ao picar as pessoas para sugar seu sangue, contamina-as com o protozoário *Trypanosoma brucei*, responsável pela doença.

A doença apresenta alta mortalidade, mas tem cura quando diagnosticada rapidamente. A pessoa contaminada sente sonolência, pois o tripanosoma atinge o sistema nervoso central, podendo causar também alterações de humor e até retardo mental.

Capítulo 4. CARRAPATOS

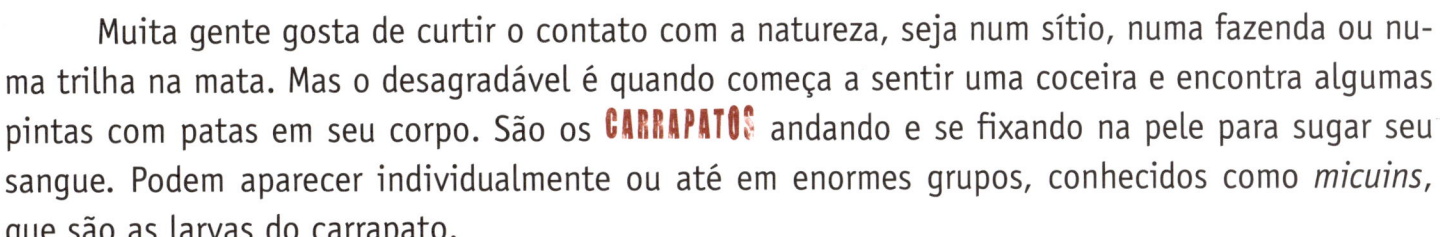

Muita gente gosta de curtir o contato com a natureza, seja num sítio, numa fazenda ou numa trilha na mata. Mas o desagradável é quando começa a sentir uma coceira e encontra algumas pintas com patas em seu corpo. São os CARRAPATOS andando e se fixando na pele para sugar seu sangue. Podem aparecer individualmente ou até em enormes grupos, conhecidos como *micuins*, que são as larvas do carrapato.

A fêmea do carrapato pode colocar até 8 mil ovos no solo de uma única vez, e após esse esforço ela morrerá. Desses ovos nascerão as larvas dos carrapatos, os micuins, de seis patas. Eles subirão nas gramíneas e galhos dos arbustos e ficarão todos juntos, formando uma bolinha na ponta do ramo à espera de algum desafortunado que passe por ali. Ao esbarrarem em algo de sangue quente, irão se espalhar e aderir ao corpo do hospedeiro em busca de sangue. Depois de três a seis dias sugando a vítima, caem de novo no solo e transformam-se nas ninfas de oito patas. Novamente procurarão um hospedeiro e o sugarão por mais seis dias, voltando depois ao solo, transformando-se nos carrapatos adultos.

Os machos e as fêmeas adultos se fixam em um terceiro hospedeiro, que servirá de hotel com café da manhã incluso. Nele, a fêmea será fecundada e se encherá de sangue até ficar bem gorda e se soltar para novamente pôr os ovos no solo. Os humanos são hospedeiros acidentais, já que o mais comum é encontrar carrapatos em animais de estimação, de criação ou silvestres.

As várias fases do desenvolvimento do carrapato podem aguardar longos períodos à espera de um hospedeiro. Em um campo vasto e vazio, simplesmente ficam lá, nas extremidades da vegetação, aguardando pacientemente a passagem de alguma alma viva. As larvas podem esperar por seis meses sem comer; as ninfas, por um ano; e os adultos, por dois anos em regime de fome.

No entanto, você não precisa abrir mão de seu passeio e ficar andando apenas no asfalto para evitá-los. Os carrapatos costumam atacar nas épocas secas; portanto, fique atento e previna-se. Uma alternativa é utilizar roupas e botas de cor clara. Deixe a barra da calça dentro da bota. A blusa deve ficar por dentro da calça, com os punhos fechados com fitas adesivas. Dessa maneira, os carrapatos que pularem na roupa poderão ser rapidamente percebidos e não conseguirão ter contato com o corpo, já que os possíveis pontos de entrada estarão vedados.

Ao encontrar um carrapato em seu corpo ou na roupa, evite esmagá-lo, pois você estará expondo bactérias que ele pode carregar e assim facilitará a contaminação.

A transmissão de doenças se dá principalmente após um período de quatro horas depois da picada e fixação do carrapato no corpo da vítima. Para retirá-lo, faça uma pequena torção, para que suas peças bucais se soltem sem se romper dentro da pele, o que poderia causar uma infecção. Evite puxá-lo pelo abdômen, queimá-lo ou retirá-lo com álcool.

O carrapato pode nos transmitir algumas doenças. A mais comum é a **FEBRE MACULOSA**, provocada por uma bactéria que penetra em nosso corpo com a saliva do carrapato quando somos picados por ele. Algumas pessoas podem desenvolver a doença sem sentir nenhum sintoma, mas determinados casos podem ser muito graves, com taxa de mortalidade elevada.

O carrapato responsável pela transmissão da doença é conhecido como *carrapato-estrela*, *rodolego* ou *picaço*. Esse carrapato é um verdadeiro reservatório da bactéria responsável pela doença, já que ela passa para seus ovos e larvas por muitas gerações.

A doença causa graves distúrbios circulatórios, podendo provocar edemas, necrose e isquemia. Além de febre, dores de cabeça, dores musculares e vômitos, o que caracteriza a doença é o aparecimento de manchas avermelhadas, primeiramente nos braços e pernas e depois espalhando-se por todo o corpo.

    A chave para a cura está no diagnóstico rápido. Como os sintomas são semelhantes aos de outras doenças, é importante avisar o médico caso tenha sofrido picadas ou andado em áreas infestadas por carrapatos. Cães que vivem no meio urbano, quando expostos a áreas infestadas, são muito suscetíveis à doença. Por isso, em viagens, é aconselhável utilizar carrapaticidas nos animais.

    No Brasil, a maioria dos casos ocorre no estado de São Paulo.

Capítulo 5. PULGAS

Existem mais de 2.400 espécies de PULGAS espalhadas pelo mundo. A maioria se associa a um hospedeiro predileto. Portanto, existem pulgas de ratos, de gatos, de cachorro e as do ser humano. Na ausência do hospedeiro favorito ou em situações de infestação muito alta, quando o hospedeiro já está lotado de pulgas, elas podem se contentar com um bicho diferente. Sendo assim, nós humanos também podemos ser atacados por pulgas de gatos e de cachorros, e elas podem transmitir, especialmente para crianças pequenas, um verme intestinal comum nesses animais domésticos.

As pulgas têm pouco mais de 1 milímetro de tamanho, mas podem saltar cerca de 20 centímetros de altura e 40 centímetros de distância. É como se nós saltássemos 340 metros de altura e 780 metros de distância. Elas têm o corpo achatado, o que favorece o deslocamento através dos pelos do hospedeiro ou pelas fibras de tapetes e carpetes. Têm cerdas voltadas para trás espalhadas por todo o corpo, que ajudam na fixação ao hospedeiro, evitando que caiam quando o animal se mexe ou se coça.

As fêmeas podem pôr um total de 200 a 400 ovos durante a vida. Elas põem seus ovos no hospedeiro, mas, sem nenhum mecanismo de fixação, eles acabam caindo no chão, concentrando-se em frestas de pisos, cantos empoeirados, tapetes e carpetes. Os ovos eclodem em dois ou três dias, e as larvas, muito pequenas, alimentam-se de substâncias encontradas na poeira, até mesmo das fezes das próprias pulgas. Posteriormente essas larvas se encasulam, formando *pupas*, que darão origem às pulgas adultas assim que o ambiente oferecer condições favoráveis de temperatura e umidade e for encontrado um hospedeiro.

É muito comum em residências que permaneceram vazias por alguns dias sermos surpreendidos por um ataque maciço de pulgas assim que colocamos o pé para dentro. Isso ocorre porque, com o ambiente vazio, as pupas já estão todas prontas, esperando apenas alguém para atacar. Desta forma, quando entramos, o calor do nosso corpo e as vibrações dos nossos movimentos desencadeiam uma eclosão em massa das pulgas adultas, que saem do casulo já morrendo de fome, loucas por um sangue novo. Porém, em situações difíceis, uma pulga adulta pode ficar sem se alimentar por vários meses. Coitado de quem ela encontrar após essa dieta!

A principal doença que as pulgas podem transmitir é a **PESTE**, que hoje só causa vítimas em áreas muito pobres do mundo. Na Idade Média essa doença chegou a matar metade da população de várias cidades na Europa.

O controle de infestações de pulgas nem sempre é fácil, podendo exigir bastante esforço. Os ovos e as pupas não são afetados pela maioria dos inseticidas. Por isso, o sucesso do controle depende também da realização de uma cuidadosa limpeza do local afetado, removendo-se o máximo possível de pó acumulado pelos cantos dos pisos e em tapetes, evitando que uma nova população se desenvolva.

Hoje existem também inseticidas reguladores de crescimento, que devem fazer parte das medidas adotadas. Esses inseticidas afetam a formação do exoesqueleto dos insetos, impedindo que seu ciclo de vida se complete.

No século XIX, circos de pulgas chegaram a fazer algum sucesso. As pulgas cujo hospedeiro são os humanos estão entre as maiores que existem, e elas eram treinadas a andar e só pular quando estimuladas. Para isso, recebiam um tipo de coleira de fio metálico e eram apresentadas puxando carrinhos, apostando corridas e até chutando bola. A habilidade e a força dessas pulgas eram exploradas para a diversão do público, que precisava de lentes de aumento para enxergar as coitadas fazendo os objetos moverem-se como que por mágica. A partir daí, surgiram também números com palhaços que faziam um espetáculo sem as pulgas, apenas fingindo que elas existiam. Atualmente ainda há algumas experiências com o circo de pulgas, e alguns vídeos podem ser encontrados na internet.

As pulgas também já tiveram grande importância nas guerras, tendo até papel decisivo em algumas batalhas. Ao longo da história, vários exércitos foram dizimados por doenças transmitidas pelas pulgas, como a cólera e a peste. As pulgas já foram usadas até como arma biológica. Na década de 1930, durante a ocupação da Manchúria, região do Nordeste da China, o exército japonês lançou com aviões milhões de pulgas de ratos contaminadas com a peste sobre a população chinesa, contaminando e matando milhares de pessoas. Esse tipo de ataque permaneceu durante a Segunda Guerra Mundial, quando novamente o Japão lançou mais de 15 milhões de pulgas infectadas com doenças sobre o território chinês.

Outra espécie de pulga, e que tem menos de 1 milímetro, é o **BICHO-DE-PÉ**. Vive em solo arenoso, quente e seco. É comum nas zonas rurais e em áreas como chiqueiros. As fêmeas grávidas podem penetrar na pele dos animais e também na pele de humanos, para se alimentar do sangue necessário ao desenvolvimento de seus ovos.

Pegamos esses bichinhos principalmente andando descalços na terra e mais raramente em praias. Apesar de poderem penetrar em qualquer parte da nossa pele, o mais comum é que se instalem na sola do pé, por isso recebem esse nome. Eles deixam apenas uma pontinha do corpo para fora da pele, por onde respiram. O que percebemos é um ponto preto que fica com um círculo de pele mais clara em volta e que coça um pouco. Devidamente instalada, essa pulga ficará sugando o sangue por uns quinze dias, e seu corpo vai engordando até ficar do tamanho de uma ervilha. Depois disso, ao andarmos descalços, ela soltará seus ovos novamente na terra e logo em seguida acabará morrendo. Nosso corpo então expulsará o bicho morto, mas a área pode continuar coçando bastante e inflamar. Quando a pessoa percebe que está com esse bichinho, pode se tratar com remédios para matá-lo ou tirá-lo com a ajuda de agulha e pinça em boas condições de higiene.

Capítulo 6. PIOLHOS

Quase todo o mundo já teve piolho ou conhece alguém que teve. Só de falarmos em piolho já costumamos coçar a cabeça. Você reparou se já coçou a sua? Escrevendo este texto eu estou coçando a minha sem parar!

O PIOLHO é um inseto que convive com as pessoas há muito tempo. Eles já foram encontrados até em múmias do antigo Egito, e muitos egípcios raspavam a cabeça para evitá-los. Os piolhos eram uma das dez pragas do Egito relatadas na Bíblia.

PEDICULOSE é o nome da doença de quem tem infestação de piolhos, cujo nome científico é *Pediculus capitis*. É a segunda doença mais comum nas crianças, só perdendo para a gripe. A coceira é o principal sintoma de quem está com piolho. Esse bichinho vive na cabeça dos humanos, alimentando-se de nosso sangue. Cada piolho chega a picar quatro vezes por dia.

O piolho vive cerca de 40 dias, e as fêmeas podem colocar diariamente 10 ovos. Esses ovos chamam-se *lêndeas* e ficam grudados em nossos fios de cabelo. Eles são mais difíceis de combater, pois os produtos comercializados para o controle dos piolhos não são muito eficazes contra as lêndeas. Elas levam de 8 a 10 dias para eclodir. Normalmente são depositadas nas regiões mais quentes, isto é, na nuca e atrás das orelhas. Por isso, são essas áreas que mais costumam coçar. Uma pessoa com piolhos pode chegar a ter de 50 a 100 piolhos na cabeça. Quando a quantidade é muito grande, a pessoa pode até ficar anêmica devido à quantidade de sangue que é sugado. Os piolhos não atacam animais domésticos ou outros bichos; são exclusivos dos seres humanos.

Existem também os piolhos do corpo, que são mais comuns nos climas frios e nas comunidades onde as pessoas não costumam tomar banho diariamente. Eles têm o nome científico de *Pediculus humanus*. Um terceiro tipo é chamado de CHATO, cujo nome científico é *Pthirus pubis*.

Ele aparece principalmente nos pelos pubianos, por isso ocorre com mais frequência em adolescentes e adultos.

Outros animais também podem ter piolhos, mas cada bicho tem o seu. Existem piolhos de cachorros, de gatos e até de morcegos, porém nenhum deles vem parar nas nossas cabeças.

Os piolhos não têm superpoderes. Eles não pulam, não voam e não saem correndo de uma cabeça para outra. O único jeito de eles serem transmitidos é pelo contato direto, quando as pessoas se abraçam ou usam o mesmo pente, touca, tiara, travesseiro ou qualquer outro objeto no qual duas cabeças possam encostar em um curto espaço de tempo. Fora da cabeça das pessoas o piolho só consegue sobreviver por cerca de seis horas.

Como as crianças não conhecem direito esses bichinhos, elas dificilmente associam a coceira com um inseto picando sua cabeça, portanto as infestações se alastram mais facilmente. Além disso, nas crianças é maior o contato físico e o compartilhamento de objetos, que podem vir recheados de piolhos.

Hoje em dia, os piolhos estão adorando a moda dos *selfies*. As pessoas ficam com as cabeças bem juntinhas para tirar uma foto e lá vão eles de uma cabeça para outra. Essa moda parece estar aumentando a incidência de piolhos em adolescentes e adultos.

Além da prevenção (evitando o compartilhamento de pentes e outros objetos que entram em contato com o cabelo), a melhor forma de acabar com eles é usar o pente-fino. Após lavar a cabeça, pode-se usar um creme condicionador para facilitar o deslizamento do pente, que deve ser passado várias vezes por todo o cabelo para a retirada manual de piolhos e lêndeas, que podem ser depositados em um pires com álcool ou vinagre. O segredo é ter bastante paciência. Essa ação deve ser repetida quatro vezes ao dia, por 15 dias.

Pode-se também passar na cabeça vinagre diluído em duas partes de água, azeite ou óleo de amêndoa, pois essas substâncias alteram o PH da área e facilitam o desprendimento das lêndeas. Os produtos químicos específicos para piolhos devem ser usados como recomenda a bula para que se obtenha o resultado desejado e não haja reincidência, e de modo que os piolhos não se tornem resistentes às substâncias.

É claro que quanto mais curto o cabelo mais fácil será acabar com os piolhos, mas não é preciso deixar todo mundo careca. Com muita paciência e atenção é possível acabar com os piolhos até nos cabelos mais compridos. Pentes, roupas de cama e outros objetos que possam estar contaminados devem ser lavados em água quente, com temperatura acima de 60 graus. Sofás, poltronas e bichos de pelúcia que possam estar contaminados devem ser limpos com um aspirador de pó.

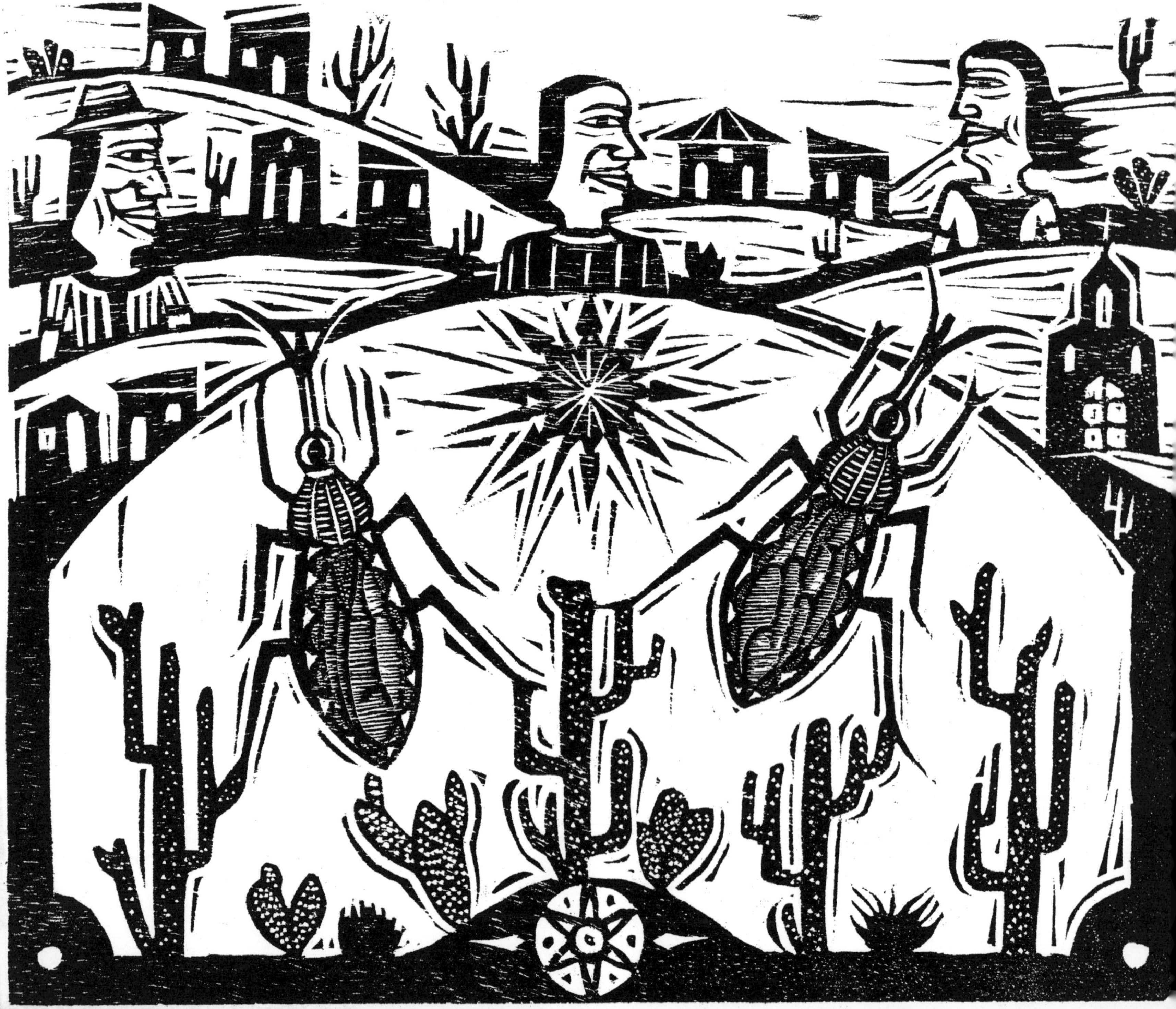

Capítulo 7. PERCEVEJOS

No Brasil, os **PERCEVEJOS-DE-CAMA** eram muito comuns até a década de 1960, e foram sumindo com a introdução de inseticidas como o DDT. Passaram então a aparecer em locais de extrema pobreza e pouca higiene, como cortiços, favelas e presídios. Mas esses bichinhos permaneceram muito comuns na Europa, e hoje, devido ao grande fluxo de pessoas entre os países e ao aumento de viagens em navios de cruzeiro e aviões, eles estão retornando com força total.

Os percevejos gostam de se esconder em colchões e assentos estofados, por isso podem aparecer em hotéis, ônibus, aviões, cinemas e teatros. Eles não têm asas, são achatados e de cor marrom-avermelhada, do tamanho de uma semente de maçã. Costumam ficar nas dobras e costuras dos tecidos e picar as pessoas quando elas estão descansando. Não transmitem doenças, mas suas picadas são irritantes e podem causar feridas.

Suas fezes nos lençóis provocam o aparecimento de manchinhas pretas, que são um sinal da infestação. Para o controle, podem ser usados inseticidas apropriados; as camas, colchões e até os estrados da cama devem ser bem limpos e aspirados. Os lençóis devem ser lavados e deixados bastante tempo no sol ou secadora. Pode-se também forrar os colchões com sacos plásticos pretos e deixá-los no sol por algumas horas, matando os bichinhos de calor.

Muitos hotéis na Europa e nos Estados Unidos apresentam infestações desses sugadores, que podem nos atacar e contaminar nossa bagagem. Por isso, é sempre bom verificar os colchões dos hotéis, pois ninguém quer trazer para casa esse tipo de lembrança de uma viagem.

Os percevejos adultos podem viver até um ano sem se alimentar.

O **BARBEIRO** é um tipo de percevejo comum em áreas rurais do país. Mas o desmatamento tem destruído seu ambiente natural e empurrado esses insetos em direção às cidades. Eles podem se instalar em frestas e paredes, principalmente de casas de barro. Picam as pessoas em geral durante o sono, normalmente em áreas mais desprotegidas, como o rosto, razão pela qual receberam esse nome.

Assim que nos picam, os barbeiros costumam também defecar. Como a picada causa coceira, acabamos ajudando suas fezes a penetrar em nossa pele. Com isso, o protozoário *Trypanosoma cruzi*, que pode estar nas fezes, entra em nossa corrente sanguínea, nos transmitindo a **DOENÇA DE CHAGAS**. Animais silvestres, como gambás e roedores, podem servir de reservatório do *Trypanosoma*. Quando o barbeiro suga o sangue desses animais, contamina-se com o protozoário, que depois é transmitido para os humanos.

A doença de Chagas foi descrita pela primeira vez em 1909 pelo médico brasileiro Carlos Chagas, e o *Trypanosoma cruzi* recebeu este nome em homenagem a outro médico sanitarista brasileiro, Oswaldo Cruz.

A doença pode ficar assintomática por até 30 anos, mas com o passar do tempo vai causando inchaço nos órgãos afetados, como cérebro, coração e intestino, podendo levar à morte. É uma doença que não tem cura. Ela também pode ser transmitida através de transfusões de sangue ou da mãe para o filho durante a gestação. Recentemente descobriu-se que a doença também pode ser transmitida por via oral, através da ingestão de substâncias contaminadas com as fezes do barbeiro ou com a urina ou fezes de outros animais contaminados, como ratos, gambás ou até mesmo cães domésticos. Nesses casos, o essencial para evitar problemas é a higiene. Os alimentos devem estar sempre protegidos do contato de insetos e outros animais. Cana-de-açúcar e açaí devem ser lavados antes de serem moídos. O cozimento ou a fervura dos alimentos também impedem a transmissão da doença. Sucos e polpas *in natura*, em regiões de risco, devem ser evitados.

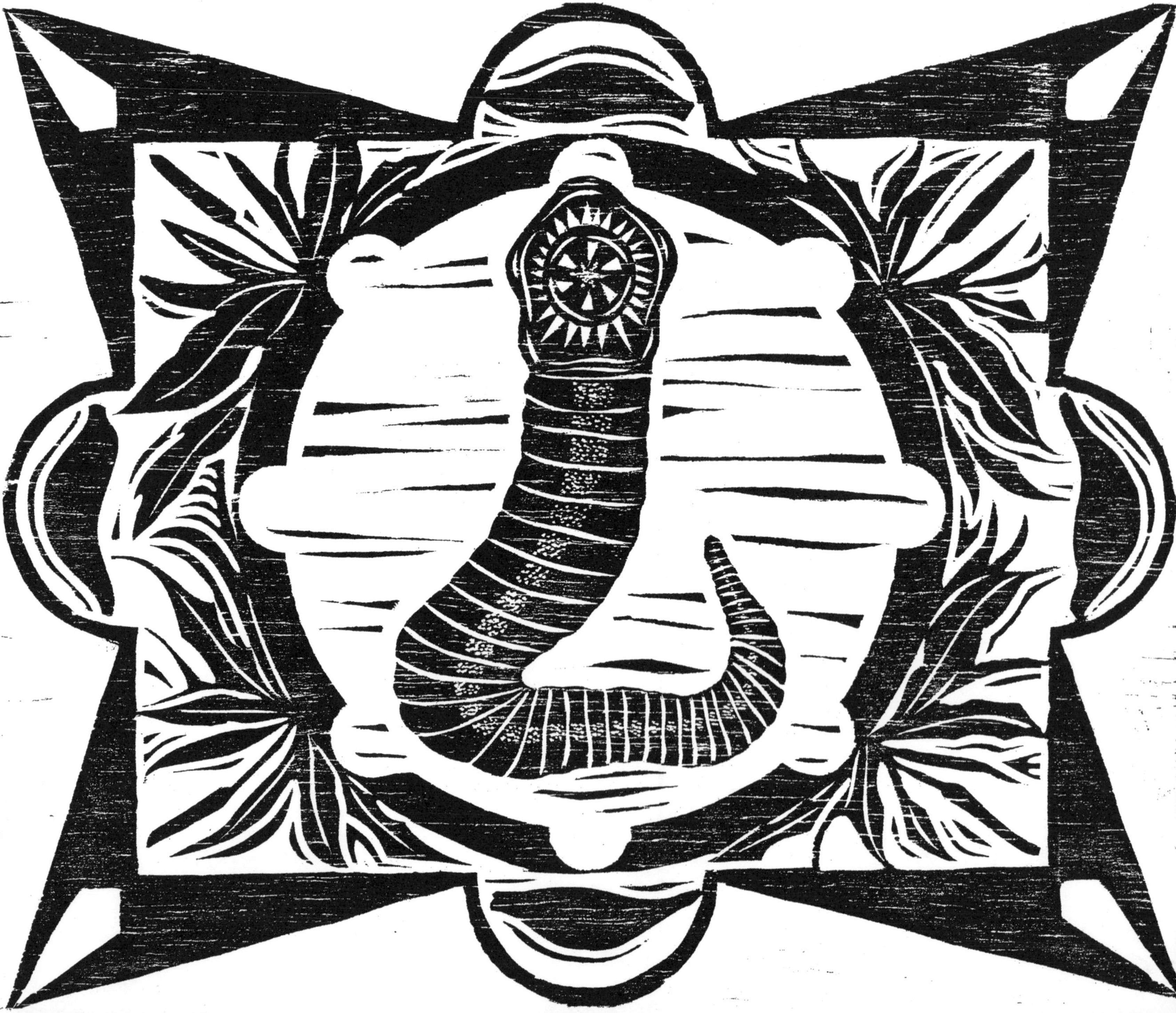

Capítulo 8. SANGUESSUGAS

SANGUESSUGAS são bichinhos de arrepiar. Parecem uma mistura de minhoca com lesma. São vermes que chupam sangue, têm os olhos nas costas e podem parecer um belo bife, de tão grandes. Algumas espécies podem chegar a 30 centímetros de comprimento. Na Amazônia há uma espécie com 18 centímetros de comprimento e 10 de largura.

Existem mais de 600 espécies de sanguessugas, porém alguns cientistas acreditam que mais de 10 mil espécies ainda podem ser descobertas. Elas podem ser terrestres, marinhas ou de água doce. Estão espalhadas por todo o mundo, mas preferem rios ou lagoas de águas calmas e quentes. Muitas vivem na lama e algumas podem subir em árvores e cair sobre suas vítimas.

As sanguessugas são anelídeos, como as minhocas, o que significa que seu corpo é todo dividido em anéis. Têm duas ventosas, uma em cada extremidade do corpo, que usam para se fixar em uma pessoa ou animal, de cujo sangue se alimentarão. Para fazer isso sem ser percebidas, elas têm na saliva uma substância anestésica. Assim, a pele da vítima perde a sensibilidade, e elas podem cortá-la com seus dentes.

As sanguessugas liberam também uma substância anticoagulante, que faz com que o sangue possa continuar sendo sugado sem que o ferimento se feche, e vasodilatadores, que aumentam o fluxo sanguíneo na área.

Poucas espécies ficam grudadas em seu hospedeiro por muito tempo. A maioria delas se solta depois de satisfeita, podendo ficar sem se alimentar novamente por vários meses, já que em cada refeição esse verme costuma ingerir de cinco a dez vezes o próprio peso, o que dá um pouco menos de um copo de sangue, ou seja, 150 mililitros.

Todas as sanguessugas são macho e fêmea ao mesmo tempo, portanto, hermafroditas. Mas mesmo assim é preciso duas delas para acasalar e gerar novos bichinhos.

Há mais de 2.500 anos as sanguessugas passaram a ser utilizadas no tratamento de doenças. Na Grécia e Roma antigas, as sanguessugas começaram a ser colocadas em pessoas doentes para que sugassem seu sangue, retirando com ele a suposta causa da enfermidade. Esse processo é conhecido como sangria.

No século XIX, em um único hospital de Paris foram usados 6 milhões de sanguessugas, que retiraram 300 mil litros de sangue dos pacientes. No século XX seu uso foi abolido, pois descobriu-se que elas também podiam transmitir infecções, já que os vermes eram retirados diretamente do ambiente natural.

Mas, se você acha que isso não existe mais, está muito enganado. Hoje em dia, as sanguessugas continuam tendo importância médica e são usadas em procedimentos de cirurgias plásticas e restauradoras, já que elas podem ajudar a restabelecer o fluxo de sangue em áreas de enxerto ou em dedos e orelhas transplantados. Elas também são muito eficazes no tratamento de gangrena e na diminuição da pressão sanguínea. Para isso são criadas em laboratório, em condições de total higiene, principalmente na Europa e nos Estados Unidos. As espécies brasileiras não se alimentam fora da água, por isso não podem ser usadas para fins medicinais.

Outra aplicação das sanguessugas está no desenvolvimento de medicamentos. Pesquisadores têm estudado as várias substâncias químicas presentes em sua saliva e que podem ser utilizadas na fabricação de remédios para o sistema cardiovascular.

Conclusão

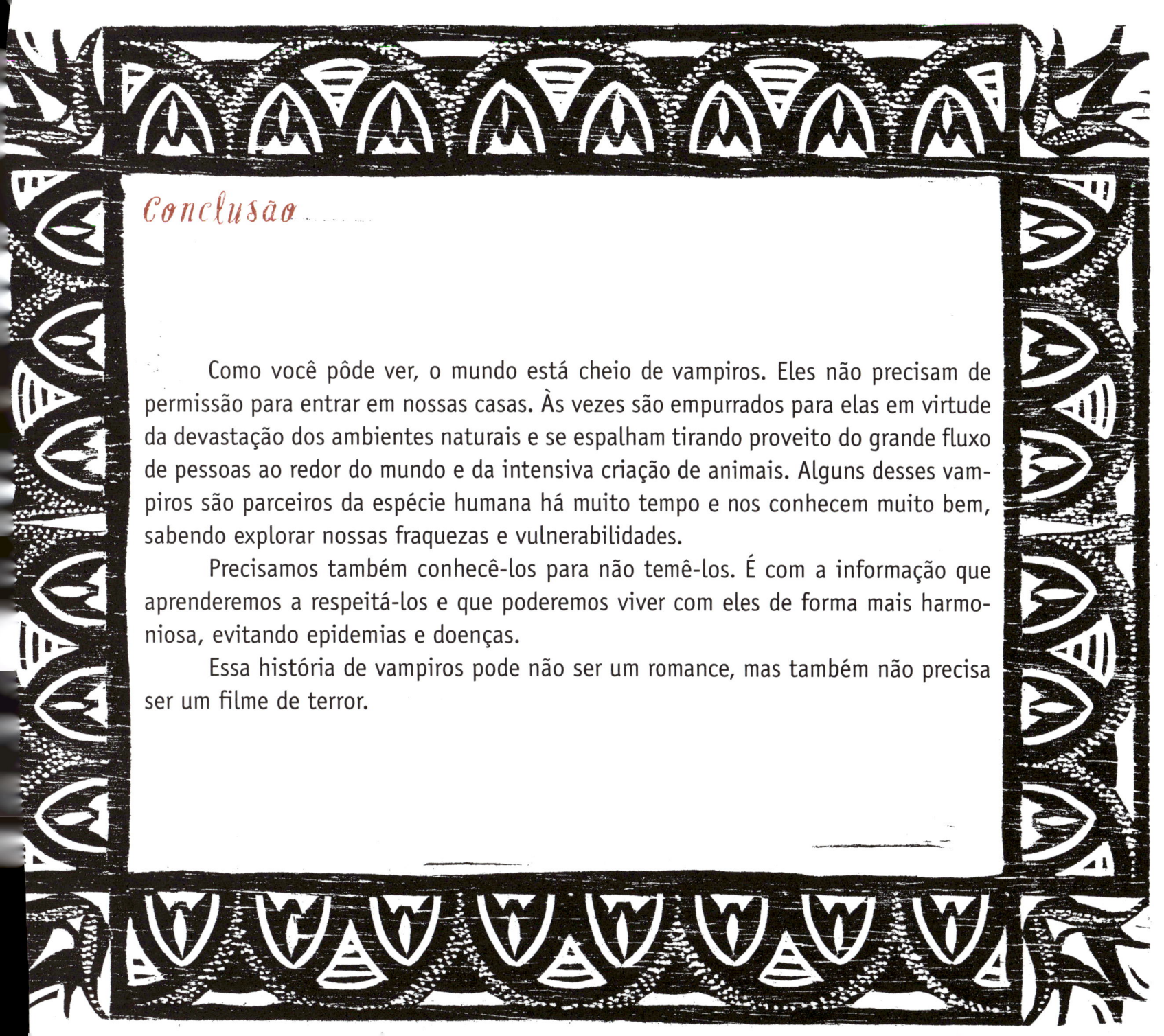

Como você pôde ver, o mundo está cheio de vampiros. Eles não precisam de permissão para entrar em nossas casas. Às vezes são empurrados para elas em virtude da devastação dos ambientes naturais e se espalham tirando proveito do grande fluxo de pessoas ao redor do mundo e da intensiva criação de animais. Alguns desses vampiros são parceiros da espécie humana há muito tempo e nos conhecem muito bem, sabendo explorar nossas fraquezas e vulnerabilidades.

Precisamos também conhecê-los para não temê-los. É com a informação que aprenderemos a respeitá-los e que poderemos viver com eles de forma mais harmoniosa, evitando epidemias e doenças.

Essa história de vampiros pode não ser um romance, mas também não precisa ser um filme de terror.

HUMBERTO CONZO JUNIOR nasceu em São Paulo em 1973. É formado em Biologia e História pela USP e ainda na faculdade começou a estudar os insetos. Desde então trabalha na área de controle de pragas urbanas. É apaixonado por livros e sempre gostou de escrever. Aos 14 anos começou a fazer poesias e, aos 16, lançou seu primeiro livro, *Tudo ou nada*. Publicou, por esta Editora, o livro *Bichos sinistros* em 2011 e escreveu o texto dos livros *Abecedário de aves brasileiras* e *Abecedário de bichos brasileiros*, ambos ilustrados por Geraldo Valério. Também é autor do livro *Descobrindo os bichos do jardim*, de 2012. Em seu site www.blogdaspragas.com.br apresenta dicas e curiosidades sobre as pragas urbanas.

EDUARDO VER nasceu na capital paulista, é xilógrafo, formado em Artes Visuais. Participou de diversas exposições de gravura no Brasil e no exterior e é integrante do Atelier Piratininga. Tocado pelo trabalho de Gilvan Samico, Eduardo começou a gravar matrizes de madeira, pensando em um dia poder também emocionar alguém. Ao receber o convite para ilustrar este livro, ficou muito feliz, porque acredita que os livros têm o poder de tocar o coração e gravar novos destinos nas pessoas. Entre outros livros infantojuvenis que se completam com as suas gravuras, destacam-se *Vida rima com cordel* (2007) e *Xerazade, a onça e o saci* (2014). Dedica este trabalho aos seus irmãos do Atelier Piratininga, ao seu grande mestre, Ernesto Bonato, a sua mãe, d. Cida, e aos amores de sua vida, Mariana e Cecília Ver.